Byddai nosweithiau llawen yn cael eu cynnal yn Nolwar Fach, pan ddeuai ffrindiau a theulu Ann at ei gilydd i ganu â'r delyn, dawnsio neu chwarae cardiau a dis.

Roedd tad Ann a'i ffrindiau yn ysgrifennu cerddi, a dysgodd Ann lawer wrth wrando arnynt yn trafod.

Breuddwyd Ann oedd cael bod yn fardd fel ei thad.

Pan roedd Ann yn 17 oed bu farw ei mam, a bu'n rhaid
i Ann helpu mwy ar y fferm.

Byddai Ann yn gofalu am ddefaid, ac yn nyddu'r gwlân
ar droell i'w werthu yn y ffair.

Tua'r un adeg, roedd grŵp newydd o Gristnogion yng Nghymru oedd yn credu pethau gwahanol i bawb arall.

Yr enw ar y bobl hyn oedd y Methodistiaid.

Dywedon nhw fod Iesu Grist yn fab Duw, a bod dilyn beth oedd y Beibl yn ei ddweud yn arwain at fywyd newydd.

Byddai canoedd yn cwrdd mewn beudai a chaeau i ganu caneuon llawn teimlad i Dduw.

Ar y dechrau, roedd pobl yn gwneud hwyl ar bennau'r Methodistiaid, gan gynnwys Ann a'i theulu.

Byddai pobl yn taflu cerrig atyn nhw, hyd yn oed.

Ond roedd eu neges, a'r ffordd roedden nhw'n byw, yn apelio at Ann. Cyn hir, ymunodd Ann a'i theulu â'r grŵp.

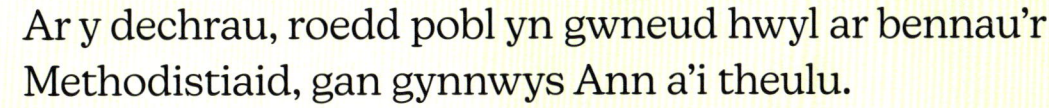

Cafodd bywyd Ann ei newid yn llwyr.

Byddai'n teimlo llawenydd mawr wrth feddwl am gariad Duw tuag ati hi.

Dechreuodd ysgrifennu cerddi fel ffordd o gofnodi ei theimladau.

gwreiddio ar led, a'i ddail heb wywo mwy, ond ffrwytho dan gawodydd
pren planedig
yn un â
gawnsypiau gwiw
i'r anial dir sy'n

Roedd morwyn o'r enw Ruth yn gweithio ar fferm Dolwar Fach – hi oedd ffrind gorau Ann.

Byddai'r ddwy yn aml yn cerdded dros y bryn i'r Bala i gyfarfod â Methodistiaid eraill.

Byddai Ruth wrth ei bodd yn clywed cerddi Ann a gofynnodd iddi
eu hysgrifennu ar bapur.

Ond doedd Ann ddim eisiau i neb arall eu gweld, a doedd hi'n sicr
ddim yn ceisio bod yn enwog.

a modd i hollol gario's ma's . yng yma'r gwaith, y pyrth wedi yn

wysogaethau wedi eu hysbeilio, a'r awdurdodau, garddo ynghyd

awd yr uchor draw; y Tad yn siriol a'i gwahoddodd . i ddaear lawr

tzyfodiad mawr; dwyn i mewn dragwyddol heddwch . rhwng nef y ney a daear lawr .

ddgfelyd lybrau tir Arabia . y mae gelynion gwy na rhi'; rho gymdeithas

Priododd Ann, ac yn fuan wedyn cafodd hi a'i gŵr, Thomas, ferch o'r enw Elizabeth.

Ond un bach gwan iawn oedd y babi a bu farw'n bythefnos oed.

Bu farw Ann hefyd ychydig wythnosau wedyn, a hithau'n ddim ond 29 oed.

Roedd Ruth yn colli ei ffrind yn fawr. Gwyddai fod angen cadw cerddi Ann ond doedd hi erioed wedi dysgu sut i ysgrifennu.

Er hyn, cofiai'r geiriau i gyd, ac adroddodd nhw wrth ei gŵr a aeth ati i'w casglu fel llyfr bach o emynau, sef caneuon i'w canu i Dduw.

Dyma nhw'n rhannu'r llyfr gyda ffrindiau, a fesul dipyn, roedd mwy a mwy o bobl eisiau copi gan fod y geiriau hyfryd yn cyffwrdd eu calonnau.

Cyn hir roedd miloedd o gopïau ar draws Cymru.

Roedd y wlad i gyd yn canu geiriau Ann.

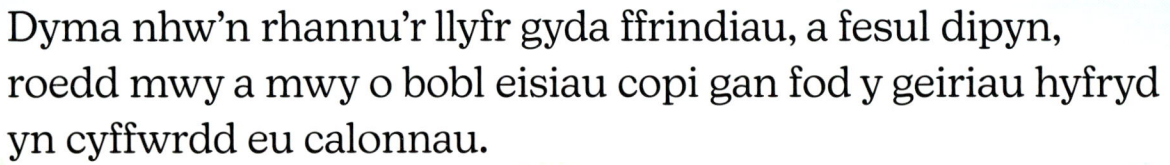

eu cwmni · i'w gystadlu *ego o bryd; ar ddeng* â Iesu mawr: o! mil

· wrthych teilwng o fy myd; er mai o ran, yr wy'n adnabod

wrthrychau'r byd: henffych fore . y caf ei weled fel y mae

n aros . yn ei gariad dysglaer

f mae'n rhagori . o wrthrychau penna'r byd: ffrind

Mae pobl yn dal i ganu ei geiriau hyd heddiw mewn capeli ac eglwysi yng Nghymru a thu hwnt.

Daeth Ann, y ferch fferm o Ddolwar Fach, yn enwog – diolch i'w ffrind oedd â chof da!

Hefyd yng nghyfres

Enwogion o Fri

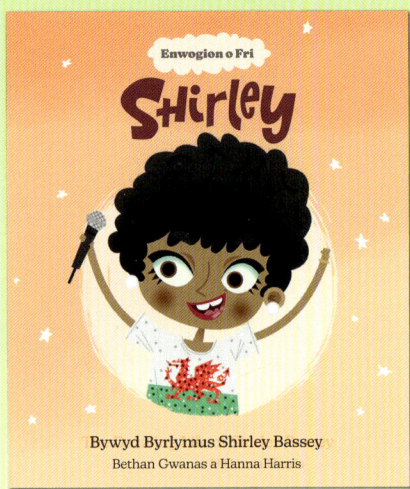

Shirley Bassey
Hanes y ferch o Tiger Bay a ddaeth yn seren bop fyd-enwog.

Cranogwen
Merch wnaeth herio'r drefn, o hwylio llongau i farddoni, mewn oes lle nad oedd cyfleoedd cyfartal i ferched.

Gwen John
Stori'r ferch dawel a ddilynodd ei breuddwyd a dod yn un o artistiaid gorau Cymru.

Orig Williams
Y reslwr cryf oedd yn enwog ar draws y byd fel 'El Bandito'.

Enwogion o Fri
Nye
Bywyd Angerddol Aneurin Bevan
Manon Steffan Ros a Valeriane Leblond

Enwogion o Fri
Laura
Bywd Mentrus Laura Ashley
Mari Lovgreen a Sara Rhys

Aneurin Bevan
Y gwleidydd poblogaidd wnaeth ymladd dros degwch a sefydlu'r Gwasanaeth Iechyd Gwladol.

Laura Ashley
Dylunydd ffasiwn wnaeth sefydlu busnes byd-eang o'i chartref yng nghanolbarth Cymru.

Yn dod yn fuan...

Enwogion o Fri
Betty
Bywyd Penderfynol Betty Campbell
Nia Morais ac Anastasia Magloire

Enwogion o Fri
Wallace
Bywd Chwilfrydig Alfred Rusel Wallace
Aneirin Karadog ac Alyn Smith

Betty Campbell
Hanes ysbrydoledig pennaeth ysgol Du cyntaf Cymru, wnaeth frwydro dros ei chymuned.

Alfred Russel Wallace
Y gwyddonydd anturus wnaeth deithio'r byd gan wneud darganfyddiadau hynod.

Darganfyddwch fwy am fywydau ysbrydoledig pobl o Gymru, o artistiaid i wyddonwyr, i bobl wnaeth herio'r drefn a goresgyn pob math o rwystrau i gyflawni eu breuddwydion.

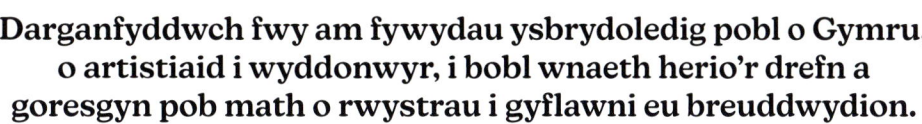

broga.cymru